Analyse de l'œuvre

Par Mélanie Kuta
et Marie-Pierre Quintard

Le Liseur

de Bernhard Schlink

lePetitLittéraire.fr

Analyse de l'œuvre

Par Mélanie Kuta
et Marie-Pierre Quintard

Le Liseur

de Bernhard Schlink

lePetitLittéraire.fr

Rendez-vous sur lepetitlitteraire.fr et découvrez :

Plus de 1200 analyses
Claires et synthétiques
Téléchargeables en 30 secondes
À imprimer chez soi

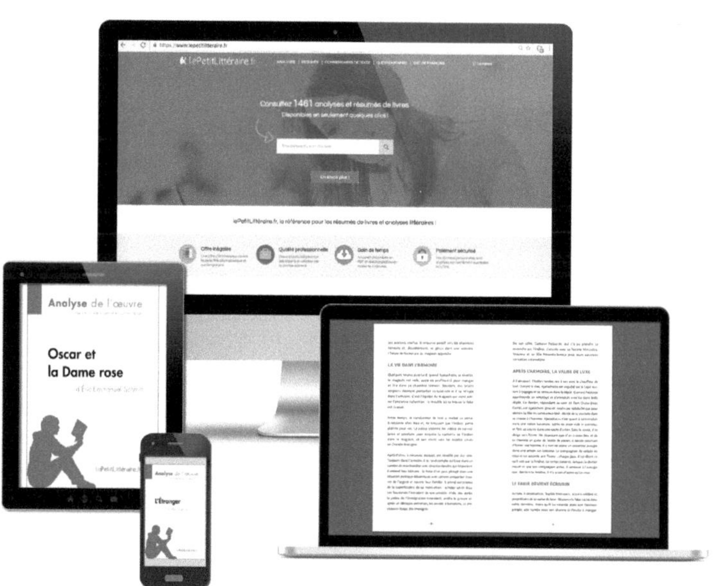

BERNHARD SCHLINK

ÉCRIVAIN ALLEMAND

- **Né en 1944 à Bielefeld (Allemagne)**
- **Quelques-unes de ses œuvres :**
  - *Auto-justice* (1987), roman
  - *Amours en fuite* (2002), nouvelles
  - *Le Week-end* (2008), roman

Né en 1944 à Bielefeld, Bernhard Schlink est juge et professeur de droit. Il a grandi dans une famille protestante. Son père, professeur de théologie à l'université, a été relevé de ses fonctions pendant la guerre.

Schlink est l'auteur de plusieurs romans policiers, dont une trilogie qui met en scène le même personnage principal, un détective du nom de Gerhard Selb. Il publie *Le Liseur* (en allemand, *Der Vorleser*) en 1995, ce qui le propulse sur le devant de la scène littéraire. Il partage aujourd'hui sa vie entre New York et Berlin.

LE LISEUR

REGARD SUR LE POIDS DU PASSÉ

- **Genre :** roman
- **Édition de référence :** *Le Liseur*, traduit de l'allemand par Bernard Lortholary, Paris, Gallimard, coll. « Folio », 2010, 256 p.
- **1re édition :** 1995
- **Thématiques :** Seconde Guerre mondiale, nazisme, camps de concentration, lecture, analphabétisme, honte, culpabilité

Roman partiellement autobiographique publié en 1995, *Le Liseur* est un véritable succès commercial. Divisé en trois parties qui s'étendent sur une quarantaine d'années, il raconte l'histoire d'amour d'un jeune Allemand et d'une ancienne SS. Ce roman soulève le sujet douloureux des camps de concentration et la difficulté pour les Allemands d'évoquer le nazisme ainsi que le conflit qui oppose la génération qui a vécu la guerre à la génération suivante. Les sentiments de honte et d'incompréhension sont très prégnants.

Le roman de Bernard Schlink est court, le style est sobre et très clair. Le personnage principal narre l'histoire à la première personne du singulier. Traduit dans 39 langues, *Le Liseur* est le premier livre allemand à se hisser à la tête de la liste des bestsellers du *New York Times*.

RÉSUMÉ

DES RETROUVAILLES INATTENDUES

Dans le cadre d'un séminaire, l'un des professeurs de Michaël, un jeune étudiant en droit, emmène plusieurs élèves à un procès où sont jugés des anciens officiers SS ayant travaillé dans des camps de concentration. À sa grande surprise, Michaël y revoit Hanna, une femme avec laquelle il a eu une liaison quelques années auparavant : elle est sur le banc des accusés avec quatre autres femmes. On apprend qu'elle a été engagée chez les SS en 1943 comme gardienne et qu'elle a notamment travaillé à Auschwitz. Les deux principaux chefs d'accusation retenus contre elle concernent sa participation aux sélections des prisonnières dans les camps ainsi qu'à ses agissements lors d'une nuit de bombardements. En effet, les SS et les surveillantes du camp sont accusés d'avoir enfermé plusieurs centaines de détenues dans une église qui a pris feu sous les bombes : parmi les déportées, seules une mère et sa fille ont survécu. Elles ont écrit un livre pour en témoigner, ce qui a entrainé l'ouverture du procès.

À l'annonce des faits, Michaël ne ressent rien : il est comme anesthésié. C'est pour lui l'occasion de revenir sur sa relation avec Hanna.

Une initiation

Un jour, le jeune Michaël, âgé de 15 ans, se sent très faible et est pris de vomissements en rentrant de l'école : il est atteint de la jaunisse. Une femme, Hanna Schmitz, de vingt ans son ainée, vient à son secours et le raccompagne chez lui. Une fois guéri, Michaël décide de se rendre chez elle pour la remercier. Elle le fait entrer dans son appartement et, tandis qu'elle se change dans la pièce d'à côté, Michaël l'observe du coin de l'œil. Croisant son regard, il est pris de honte et s'enfuit.

Huit jours plus tard, alors qu'il rêve d'elle chaque nuit, Michaël décide de retourner la voir. Hanna Schmitz le reçoit chez elle en uniforme de receveuse de tramway. Tandis qu'elle envoie le jeune garçon chercher du combustible de chauffage à la cave, il se retrouve couvert de suie. Lorsque Mme Schmitz lui fait couler un bain pour qu'il se lave, il hésite à se déshabiller. Elle le rejoint alors, nue, avec une serviette pour l'essuyer : ils ne résistent pas à faire l'amour.

Le lendemain, Michaël décide de retourner à l'école, mais il manque les cours chaque après-midi pour rejoindre son amante, qui l'éveille à la sensualité et à la sexualité. Un jour, Hanna lui demande de lui faire la lecture d'un livre. Dès lors, ils établissent un rituel : avant de faire l'amour, Michaël lui lit diverses œuvres.

Mais déjà leur relation se détériore peu à peu. Hanna devient irascible et distante. Dès lors, Michaël a peur de la perdre. Ils profitent des vacances de Pâques pour partir quatre jours à bicyclette. Cette escapade renforce leur passion.

La disparition

De retour à l'école, Michaël change de classe et s'éprend de l'une de ses camarades, Sophie. Pendant l'été, il développe une certaine rancœur à l'encontre de Hanna : il commence à regretter de passer autant de temps avec elle alors qu'il pourrait s'amuser avec ses amis. Ces derniers s'interrogent par ailleurs sur ses fréquentes absences.

Ces derniers temps, Hanna lui parait étrange et différente. Un beau jour, elle disparait sans laisser de traces. Michaël est dévasté. En appelant la compagnie des tramways où elle travaille, il apprend qu'elle a démissionné alors qu'on venait de lui offrir une formation de conductrice.

Le temps passe et, peu à peu, Michaël parvient à l'oublier. Il termine le lycée et entre à l'université pour étudier le droit. Au moment du procès, cela fait sept ans qu'il n'a plus revu la jeune femme.

Le verdict

Lors de l'audience, Hanna se défend tant bien que mal face aux accusations, parfois erronées, du jury. À la différence des autres accusées, elle reconnait la plupart des faits. On apprend également que, dans le camp, Hanna avait des protégées qui lui faisaient la lecture.

Le président lit un rapport trouvé dans les archives SS relatant les faits de la nuit du bombardement : les surveillantes ont délibérément laissé les détenues enfermées dans l'église, tout en sachant qu'elles allaient mourir, afin d'éviter toute tentative de fuite. Les accusées réfutent les faits et accusent Hanna d'avoir écrit seule ce rapport mensonger. Le président demande qu'on vérifie si l'écriture de Hanna coïncide avec celle du rapport. Cette dernière refuse de s'exécuter et avoue l'avoir rédigé.

Michaël pense sans cesse au procès et à Hanna. Il comprend, par une sorte de révélation qui éclaire à postériori toute la vie de cette mystérieuse femme, que celle-ci ne sait ni lire ni écrire : Hanna ne peut donc en aucun cas avoir rédigé ce rapport qui l'accable. Michaël ne peut cependant pas révéler le secret de son ancienne maitresse et doit respecter son choix de ne pas avouer son handicap. Il est pourtant tourmenté, car il s'agit d'une donnée qui pourrait changer la teneur du verdict.

Michaël décide de se rendre au Struthof, un camp en Alsace, pour mettre des images concrètes sur les mots qu'il a entendus lors de l'audience. Il rentre chez lui bouleversé et tente de comprendre Hanna, tout en la condamnant pour ses actes. Quelque temps plus tard, le verdict est prononcé : Hanna est condamnée à la prison à perpétuité alors que les autres accusées écopent d'une peine d'emprisonnement plus réduite.

Michaël termine ses études et commence ses années de stage. Il épouse Gertrude, une autre stagiaire, avec qui il a une fille, Julia. Cinq ans plus tard, ils divorcent. À la fin de son apprentissage, Michaël se spécialise dans l'histoire du droit.

Les cassettes

Un jour, il décide de lire à voix haute et de s'enregistrer sur des cassettes pour les envoyer à Hanna, en prison. Pendant dix ans, il lui lit des nouvelles, des romans et des textes qu'il a lui-même écrits sans jamais laisser de messages personnels. Après quatre ans, il reçoit enfin une réponse : un petit mot écrit par Hanna, puis un autre, commentant les œuvres qu'elle a écoutées. Michaël ne lui répond rien en retour, mais il comprend qu'elle sait désormais lire et écrire. Il n'apprendra que plus tard qu'elle apprenait à lire en suivant mot à mot, sur le livre emprunté à la bibliothèque, les paroles de Michaël.

Un jour, il reçoit une lettre de la directrice de la prison l'informant de la libération prochaine de Hanna et lui demandant de l'aider à se réinsérer dans la société après dix-huit ans d'emprisonnement. Il lui rend visite une semaine avant sa sortie et constate qu'elle a beaucoup vieilli. Ils discutent de littérature et de l'avenir.

Pourtant, le jour de sa libération, Hanna se suicide. L'ancienne SS a laissé une lettre dans laquelle elle demande à son ancien amant de confier toutes ses économies à la fille qui a survécu à l'incendie de l'église. Il accepte et rend visite à la survivante à New York. Celle-ci peine à comprendre la relation qui existe entre Michaël et son bourreau, et refuse l'argent : accepter reviendrait à absoudre Mme Schmitz, ce qu'elle ne veut pas. Ils décident alors d'en faire don à une association juive qui lutte contre l'analphabétisme. Dix ans plus tard, Michaël pense toujours à Hanna, à sa mort ainsi qu'à leur relation et décide d'écrire leur histoire.

ÉTUDE DES PERSONNAGES

MICHAËL BERG

Dans la première partie du roman, Michaël est adolescent. Il vit dans une famille assez aisée avec ses trois frères et sœurs. C'est un garçon effacé, au physique commun, peu sûr de lui et assez médiocre à l'école. Cependant, sa relation avec Hanna lui donne une certaine assurance face aux personnes qui l'entourent : « Je sentais en moi une énergie et une supériorité que je voulais manifester face à mes camarades et à mes professeurs. » (coll. « Du Monde entier », p. 32) Cette première relation, qui est aussi pour lui un apprentissage de la sexualité, marque sans doute son entrée dans l'âge adulte, car il acquiert alors sa virilité. La force de cette initiation est telle qu'il n'aura de cesse, parvenu à l'âge adulte, d'essayer de retrouver, chez ses conquêtes ultérieures, les sensations qu'il a connues avec Hanna : « Je me suis avoué que, pour que l'intimité avec une femme ne cloche pas, il fallait que je retrouve avec elle un peu du contact et du toucher, un peu de l'odeur et du goût de Hanna. » (*ibid.*, p. 163)

Il entre ensuite à l'université et étudie le droit. Après le départ de Hanna, il se forge une certaine carapace et se détache du monde. Ainsi, dans la deuxième partie du livre qui relate le procès en assises sept ans après son histoire d'amour avec Hanna, il fait preuve de cynisme et avoue se sentir « anesthésié ». Il ne ressent plus rien, que ce soit envers son ancienne maitresse ou vis-à-vis des faits qui ont touché l'Allemagne : « Tout le reste du temps aussi, j'étais debout à côté de moi et je me regardais : à l'université, en famille, avec mes amis, je fonctionnais, mais intérieurement je ne participais à rien. » (p. 115)

Dans la troisième partie, qui évoque la vie de Michaël après le procès, il continue de vivre « sous anesthésie générale » et de fuir les difficultés de la vie en se plongeant dans la lecture et l'écriture. Il préfère devenir historien du droit plutôt que juge. C'est cette tendance à la fuite qui provoque son divorce avec Gertrude.

La vie entière de Michaël sera façonnée par sa relation avec Hanna. Elle personnifie le paradoxe qui existe entre deux générations d'Allemands : celle qui a vécu la guerre et la période nazie (c'est-à-dire Hanna) et la génération suivante (Michaël), dont les membres tentent de comprendre les actes de leurs ainés tout en les condamnant.

HANNA SCHMITZ

Hanna est née en 1922 et a grandi en Transylvanie avant d'aller habiter à Berlin à l'âge de 17 ans. D'abord ouvrière chez Siemens, elle s'engage volontairement chez les SS pendant la guerre à l'âge de 21 ans.

Dans la première partie du roman, elle a 36 ans et est receveuse de tramway. Elle entame une relation amoureuse avec Michaël après l'avoir rencontré par hasard. Hanna est un personnage complexe au caractère changeant. Ses nombreuses sautes d'humeur effrayent le narrateur qui a peur de la perdre. Elle n'a pas de famille et semble toujours détachée de la réalité. Évasive, elle ne répond jamais aux questions de Michaël sur son passé.

Elle se comporte à la fois en mère et en amante avec lui. En apparence très sure d'elle et autoritaire, c'est elle qui domine la relation amoureuse. Cependant, elle cache un lourd secret qui la rend extrêmement vulnérable : elle est analphabète. Ce handicap et la honte qu'il provoque l'empêchent de garder son travail lorsqu'elle reçoit une promotion, de peur que l'on ne s'en rende compte. C'est aussi pour cette raison qu'elle demande à Michaël de lui faire la lecture.

Dans la deuxième partie, on retrouve Hanna lors de son procès. Elle est distante, voire hautaine, et parle peu. Elle n'attire pas la sympathie du public. Elle fait preuve d'une grande naïveté et accepte tous les torts. À cause de son analphabétisme, elle est très mal préparée à ce procès.

Après dix-huit années de détention, Hanna a fortement vieilli et Michaël peine à retrouver en elle la femme qu'il aimait. Elle décide de se pendre plutôt que de sortir de prison.

Hanna personnifie dans le roman la génération qui a vécu la guerre et qui y a collaboré, soit par ses actes (comme elle l'a fait), soit en fermant les yeux et en acceptant de cohabiter avec les partisans du régime nazi.

LE PÈRE DE MICHAËL

Le père de Michaël, spécialiste de Kant (philosophe allemand, 1724-1804) et de Hegel (philosophe allemand, 1770-1831), est professeur de philosophie à l'université (comme le propre père de l'auteur qui était professeur de théologie et qui fut relevé de ses fonctions par le régime nazi). Pendant la guerre, il est privé de son poste universitaire pour avoir annoncé un cours sur Spinoza (philosophe hollandais, 1632-1677). Il devient alors responsable éditorial dans une maison d'édition et publie des guides de randonnée jusqu'à la fin de la guerre.

C'est un homme renfermé, incapable d'exprimer ses sentiments. Selon Michaël, il ne se préoccupe pas assez des membres de sa famille, qu'il voit comme « des animaux domestiques » (p. 39).

SOPHIE

Sophie est une amie de lycée de Michaël. Elle fait son apparition dans le roman lorsque l'établissement où étudie ce dernier devient mixte et qu'elle intègre sa classe. C'est lorsqu'il commence à être ami avec elle que Michaël a l'impression de trahir Hanna.

LA JEUNE FILLE JUIVE

C'est la seule prisonnière rescapée, avec sa mère, de l'incendie de l'église : à la fin de la guerre, les prisonnières du camp d'Hanna sont obligées d'effectuer une marche vers l'Ouest. Lors d'une halte, le convoi des détenues est touché par un bombardement durant lequel, enfermées dans l'église du village allemand, ses compagnes de route périrent. Elle a écrit un livre relatant son expérience : c'est grâce à celui-ci que les cinq accusées ont été inculpées. Elle vient témoigner au procès.

GERTRUDE

Gertrude est juriste, comme Michaël. Ils ont fait leurs études ensemble et se marient alors qu'ils sont tous les deux stagiaires et que Gertrude attend un enfant du jeune homme. Elle est « intelligente, travailleuse et droite » (coll. « Du Monde entier », p. 162).

Michaël ne lui parlera jamais de Hanna, bien qu'il compare sans cesse leur relation intime à celle qu'il avait avec sa première maitresse. À la fin de leurs études, Michaël choisit d'enseigner l'histoire du droit tandis que Gertrude décide d'être juge : elle lui reproche dès lors de vouloir fuir ses responsabilités. Ils divorcent lorsque leur fille est âgée de 5 ans.

CLÉS DE LECTURE

LE POIDS DU PASSÉ

Ce qui constitue la richesse et la finesse d'analyse de ce roman, c'est qu'il repose tout entier sur l'ambigüité et le paradoxe qui a étouffé la jeune génération allemande d'après-guerre. À la fois roman d'amour et de réflexion sur l'Histoire de l'Allemagne nazie et de la Shoah (le génocide des juifs), l'auteur s'intéresse en même temps aux Allemands qui ont vécu la guerre et aux enfants issus de cette génération. Ces derniers n'ont pas participé directement aux évènements, mais ont eu à supporter le poids de cet héritage pernicieux. La honte qu'ont pu éprouver leurs parents a rejailli sur eux et avec elle, le sentiment de culpabilité qui lui est intimement lié :

> « Quelque consistance que puisse avoir, ou ne pas avoir, moralement et juridiquement, la culpabilité collective, pour ma génération d'étudiants ce fut une réalité vécue [...] Le doigt tendu vers les coupables ne nous exemptait pas de la honte. Mais il nous permettait d'en souffrir moins. Il transformait la souffrance passive causée par la honte en énergie, en activisme, en agressivité. » (*ibid.*, p. 159)

Cette rancœur exprimée vis-à-vis de leurs ainés ne suffit cependant pas à effacer l'amour que ces jeunes gens ont éprouvé pour leurs parents ou pire, dans le cas de Michaël, celui qui l'a conduit à avoir une relation avec une criminelle de guerre : « J'aurais dû en fait montrer Hanna du doigt. Mais ce doigt m'aurait visé aussi. Je l'avais aimée. Je ne l'avais pas seulement aimée, je l'avais choisie. » (*ibid.*, p. 159-160)

Comment, dès lors que l'on éprouve soi-même cette culpabilité, est-il possible de juger sans appel ceux qui ont participé, de près ou de loin, aux crimes nazis ?

> « À l'époque, j'ai envié les autres étudiants qui prenaient leurs distances face à leurs parents, et du même coup face à toute la génération des criminels, des spectateurs passifs, [...] Comment peut-on éprouver honte et culpabilité, et en même temps juger avec cette superbe assurance ? Ces distances prises par rapport aux parents, n'était-ce qu'[...] un brouillard, cherchant à dissimuler que l'amour pour les parents avait irrémédiablement entraîné une complicité dans leurs crimes ? » (*ibid.*, p. 160)

La condamnation absolue est d'autant plus complexe que ces hommes et ces femmes étaient des personnes ordinaires, des criminels « effroyablement normaux » ; on rejoint là la question de la « banalité du mal » posée par Hannah Arendt (politologue, philosophe et journaliste juive allemande, 1906-1975), et qui renvoie à la possibilité de l'inhumain existant en chacun de nous. L'emploi du terme « banalité » ne vise pas, pour Hannah Arendt, à diminuer l'horreur des crimes commis : il pointe plutôt du doigt l'extrême difficulté qu'il y a à juger des atrocités aussi insupportables dans la mesure où elles ont été commises par des êtres tellement ordinaires et proches de ce que nous sommes tous. Il eût été plus aisé de condamner des monstres (ALPOZZO M., « Hannah Arendt et la banalité du mal », in *Institut-ethique-contemporaine.org*).

Dès lors, l'écriture de ce roman peut être perçue comme une mise à distance d'une histoire personnelle pour tenter de comprendre, et ainsi d'assumer, dans une posture objective et honnête, les différentes phases par lesquelles sont passés les membres de cette génération d'après-guerre :

> « Les strates successives de notre vie sont si étroitement superposées que dans l'ultérieur nous trouvons toujours de l'antérieur, non pas aboli et réglé, mais présent et vivant [...] Peut-être que j'ai tout de même écrit notre histoire pour m'en débarrasser, même si je ne le peux pas. » (coll. « *Du Monde entier* », p. 202)

Cette volonté de saisir son propre passé pour mieux vivre avec est d'autant plus forte qu'il est presque impossible de ressentir et de comprendre ce que la génération précédente (que ce soit les bourreaux ou les victimes) a réellement vécu. En ce sens, l'expédition de Michaël au camp de Struthof est un échec. Il part y chercher la vérité sur les camps à une époque où, dans l'immédiat après-guerre, la proximité des évènements empêchait le recul nécessaire à toute analyse et où l'imaginaire collectif reposait sur de maigres témoignages : « Quand je repense aujourd'hui à ces années-là, je suis frappé du peu d'images concrètes que nous avions, du peu d'images représentant la vie et l'extermination dans les camps. » (*ibid.*, p. 140), Mais au retour de cette expédition, le narrateur en arrive à ce constat désespéré : « J'eus le sentiment d'un échec lamentable et honteux [...]. Je sentais en moi un grand vide, comme si après le contact concret j'avais cherché non pas à l'extérieur, mais en moi-même, et avais dû constater que je ne pouvais rien y trouver. » (*ibid.*, p. 146-147) Michaël insiste à plusieurs reprises, dans le roman, sur cette sorte d'anesthésie qui s'empare de lui au moment du procès et qui dure bien au-delà, jusqu'à ce qu'il en tombe physiquement malade. Ainsi, l'hiver qui suit le procès, et après sa visite au camp de Struthof, il part à la montagne avec des amis et skie en chemise malgré les mises en garde de ses compagnons :

> « Je ne sentais pas le froid [...] J'eus ensuite une très forte fièvre et je fus hospitalisé. Lorsque je ressortis de l'hôpital, l'anesthésie avait disparu [...] Toute l'horreur et toute la dou-leur [...] étaient de nouveau là [...] il fallait que l'anesthésie s'emparât physiquement de moi avant de me lâcher, avant que je puisse m'en débarrasser. » (*ibid.*, p. 158)

Comme beaucoup d'autres personnes de sa génération, Michaël se trouve longtemps dans une sorte de stupeur silencieuse face au récit et aux images de l'horreur. Le narrateur évoque même une « communauté de l'anesthésie », observant qu'elle touche aussi bien les bourreaux que les victimes de la guerre :

> « Tous les textes des survivants témoignent de cette anesthésie, qui réduit les fonctions vitales, induit un com-portement indifférent et sans scrupule, banalise le gaz et les fours. Et dans les maigres témoignages des bourreaux aussi, [...] les auteurs des atrocités sont eux-mêmes réduits à quelques fonctions, comme si, [...], ils étaient anesthésiés ou ivres. Les accusées me donnaient l'impression d'être encore prisonnières, et pour toujours, de cette anesthésie, d'y être comme pétrifiées. » (*ibid.*, p. 100)

Cette apparente indifférence – ou cette cécité volontaire ? – était sans doute une question de survie, y compris pour les tortionnaires qui n'auraient sans doute pas pu continuer de vivre en se considérant comme des monstres. C'est sans doute ainsi que l'on peut interpréter le suicide de Hanna, à la fin du roman, lorsqu'elle a appris à lire et qu'elle se plonge dans la lecture des ouvrages d'histoire sur les camps. C'est en tout cas ce que révèle la directrice de la prison à Michaël, après la mort de Hanna : « J'ai dû lui procurer une bibliographie générale sur les camps, et elle m'a demandé [...] de lui indiquer des livres sur les femmes dans les camps, déportées et gardiennes. » (*ibid.*, p. 192) En accédant, par la lecture, à la vérité historique, Hanna se découvre et reconnait qui elle a été et ce qu'elle a fait : elle ne peut dès lors plus vivre avec le poids de cette culpabilité.

LA FUITE OU L'ART DE SE DÉROBER

Le thème de la honte qui parcourt le livre en engendre un autre tout aussi prégnant : celui de la fuite ou de l'art de se dérober, qui touche aussi bien Hanna que Michaël.

La vie entière de Hanna peut être vue comme une fuite. Elle quitte d'abord sa région natale pour aller travailler à Berlin, dans l'entreprise Siemens. Puis elle fuit cette entreprise lorsqu'on lui propose une promotion afin de dissimuler son analphabétisme (ce qui la conduira à s'engager dans les SS). Après la guerre, elle fuit encore la ville de Heidelberg alors qu'elle allait être promue conductrice de tramway, toujours poussée par la peur que son secret soit dévoilé. Enfin, lors de son procès, elle préfère mentir plutôt que de révéler son illettrisme, et se dérobe ainsi face à la vérité historique. La honte est donc le moteur principal de la fuite chez Hanna.

La conduite de Michaël est, quant à elle, dictée par la honte mêlée à une forte culpabilité. Cela commence lorsqu'il tait délibérément sa relation avec Hanna à ses amis. Il interprète cette dissimulation comme une trahison : « J'ai tu ce que j'aurais dû dire [...]. Je sais que ce genre de reniement est une variante discrète de la trahison. » (*ibid.*, p. 73) Lorsqu'il épouse Gertrude, il ne lui parle jamais de Hanna. Et quand il doit choisir une profession au terme de ses études, il se réfugie dans l'enseignement de l'histoire du droit plutôt que de se lancer dans un métier purement juridique. Là encore, il se dérobe, ce qui sera l'une des causes de son divorce : « Gertrude déclara que c'était une fuite, une fuite devant le défi et la responsabilité de la vie, et elle avait raison. Je pris la fuite, et je fus soulagé de pouvoir le faire. » (*ibid.*, p. 169)

Enfin, pendant les années d'emprisonnement de Hanna, alors que Michaël lui envoie régulièrement ses lectures enregistrées, il ne lui écrira jamais. Cette absence d'échange réel montre qu'il n'assume pas totalement le fait que cette relation perdure. Toutefois, il refuserait de rester inactif et ainsi de rayer définitivement Hanna de sa vie : « C'est justement parce qu'elle m'était si librement proche et lointaine que je ne voulais pas lui rendre visite. J'avais le sentiment que, pour qu'elle reste ce qu'elle était pour moi, il fallait cet éloignement réel. » (*ibid.*, p. 181) On peut voir une forme de lâcheté dans cette dérobade, qui s'explique à nouveau par la honte et la culpabilité qu'il ressent : « Je savais bien moi-même que la honte pouvait provoquer des conduites de fuite, de résistance, de dissimulation, voire des comportements blessants. » (*ibid.*, p. 126) Michaël ne cessera de fuir qu'après la mort de Hanna, car elle lui permet de mettre à distance leur histoire et de l'analyser. Ainsi, l'écriture de leur histoire marquera la fin de cette errance et l'accès à un certain apaisement :

> « Depuis quelques années, je laisse notre histoire tranquille. J'ai fait la paix avec elle. Et elle est revenue, détail après détail, et avec une espèce de plénitude, de cohérence et d'orientation qui fait qu'elle ne me rend plus triste. » (*ibid.*, p. 202)

L'ILLETTRISME DE HANNA

L'illettrisme de Hanna est l'un des sujets principaux du roman et permet à Bernhard Schlink d'aborder différents thèmes importants.

L'analphabétisme de Hanna peut être vu comme une métaphore de l'incompréhension de la Shoah : les membres de la génération suivante, qui ont tenté d'appréhender les actes de leurs ainés, sont comme des illettrés. Ils parviennent à lire les faits, mais ne les comprennent pas ; ils peuvent écrire sur le sujet, mais ne parviennent pas à saisir entièrement la réalité de l'holocauste des juifs. Lorsque Michaël lit le livre de la jeune fille juive qui a survécu à la marche vers l'Ouest, il dit :

> « Des années plus tard, je l'ai relu et j'ai découvert que c'était le livre lui-même qui crée ce recul. Il n'invite pas à s'identifier [...]. Les silhouettes et les visages des kapos, des surveillantes et des SS ne sont pas assez dessinés pour qu'on puisse adopter une attitude vis-à-vis de ces personnages, les trouver meilleurs ou pires. Le livre respire cette anesthésie que j'ai déjà tenté de décrire. » (p. 134-135)

Au moment où Hanna apprend à lire et à écrire, lorsqu'elle

sort de son analphabétisme, elle comprend la situation, ce qu'il s'est réellement passé. On peut aussi dire qu'elle sort de son anesthésie. C'est sans doute pour cette raison qu'elle décide de se suicider : elle ne peut pas vivre avec une telle culpabilité. Elle l'explique à Michaël :

> « J'ai toujours eu l'impression que, de toute façon, personne ne comprend, que personne ne sait qui je suis, ni ce qui m'a amenée à faire ceci ou cela. Et, tu sais, quand personne ne te comprend, personne non plus ne peut te demander des comptes [...]. Mais les morts peuvent, eux. Eux comprennent. Ils n'ont pas besoin pour cela d'avoir été présents ; mais quand ils l'ont été, ils comprennent particulièrement bien. » (p. 220-221)

L'illettrisme de Hanna permet aussi d'introduire le thème de la liberté individuelle. Face à la culpabilité collective qui s'est abattue sur les différentes générations présentes dans *Le Liseur*, la liberté revêt une grande importance : Michaël se rend compte, lors du procès, qu'Hanna est analphabète. Elle n'a donc pas pu écrire le rapport. Cependant, elle préfère accepter d'endosser une telle responsabilité plutôt que de dévoiler son secret. Michaël est tenté de divulguer cette information au juge et ainsi prouver que la responsabilité de Hanna, bien que terrible, est moindre que ce qu'on veut lui attribuer. Tiraillé, il décide d'aller voir son père qui lui explique :

> « Ne te rappelles-tu pas comme cela pouvait te révolter, quand tu étais petit, que maman sache mieux que toi ce qui était bon pour toi ? [...] Mais s'agissant d'adultes, je ne vois absolument rien qui justifie qu'on mette ce qu'un autre estime bon pour eux au-dessus de ce qu'eux-mêmes estiment

Par ces paroles, Michaël comprend qu'il ne peut forcer Hanna à parler et qu'il doit respecter sa volonté, sa liberté et sa dignité.

Enfin, l'analphabétisme de Hanna est lié au sentiment de honte présent dans le roman. Hanna a honte d'être illettrée et de manquer d'éducation. Pour éviter d'être démasquée, elle doit sans cesse modifier le cours de sa vie.

Bernhard Schlink tente d'atténuer la responsabilité de Hanna car, analphabète, elle a été contrainte de rejoindre les SS. Dès lors, peut-elle être pardonnée ? Est-ce que cela explique, partiellement ou non, ses actes ? Un parallélisme avec sa génération tout entière peut être fait : les Allemands ont-ils été forcés de participer à ce massacre ? L'ignorance de l'ampleur de la situation – leur « analphabétisme » – peut-elle amoindrir leur responsabilité ? L'auteur ne répond pas à ces questions, afin de laisser le lecteur se faire sa propre idée sur le sujet.

QUELQUES QUESTIONS POUR APPROFONDIR SA RÉFLEXION...

- Qui est le liseur dans le roman de Schlink ? Y en a-t-il plusieurs ?
- À partir de quel moment précis avez-vous compris qu'Hanna était analphabète ? Relevez les différents indices fournis par l'auteur dans le livre qui permettent d'arriver à cette conclusion.
- En quoi le fait qu'Hanna soit analphabète a-t-il de l'importance dans le roman ? En quoi sa vie aurait-elle été différente si elle avait su lire et écrire ?
- Le livre est divisé en trois parties : l'histoire d'amour entre Michaël et Hanna, le procès et l'emprisonnement de Hanna. Y a-t-il une différence dans l'écriture de Bernhard Schlink entre ces différentes parties ? Sont-elles toutes rédigées sur le même ton et avec le même style ?
- Pourquoi, selon vous, Hanna Schmitz choisissait-elle les détenues les plus jeunes et plus faibles pour lui faire la lecture ? Pourquoi décidait-elle ensuite de les envoyer à Auschwitz ?
- Pourquoi Michaël se passionne-t-il tant pour l'*Odyssée* d'Homère (poète grec épique, VIIIe siècle av. J.-C.) ? Relevez les différentes évocations de l'œuvre dans *Le Liseur* et tentez d'expliquer leur présence.
- Interprétez ces mots de Michaël : « Comment pourrait-ce être un réconfort, que mon amour pour Hanna soit en quelque sorte le destin de ma génération, le destin allemand, auquel j'aurais su seulement me soustraire

moins bien, que j'aurais moins bien su camoufler que les autres ? » (p. 191-192)

- Lorsqu'Hanna apprend à lire en prison, elle lit surtout des ouvrages concernant les camps de concentration. Ces livres et les informations qu'ils contenaient ont-ils changé la perception de Hanna sur les actes qu'elle avait commis pendant la guerre ? Est-ce cela qui la pousse au suicide ?

- Relisez attentivement le chapitre où Michaël se rend au Struthof en autostop (p. 169-172) et la conversation qu'il a avec le camionneur. Pour quelles raisons celui-ci jette-t-il subitement Michaël hors de son véhicule ? D'autre part, pourquoi Michaël décide-t-il de se rendre au Struthof ? Qu'y cherche-t-il ?

- Pensez-vous que l'ignorance des Allemands de l'ampleur de la situation concernant le massacre des juifs amoindrit leur responsabilité ? Argumentez votre réponse.

- Comparez le livre avec l'adaptation cinématographique qui en a été réalisée par Stephen Daldry (réalisateur, metteur en scène et producteur anglais, né en 1960).

Votre avis nous intéresse !
Laissez un commentaire sur le site de votre librairie en ligne
et partagez vos coups de cœur sur les réseaux sociaux !

POUR ALLER PLUS LOIN

ÉDITIONS DE RÉFÉRENCE

- SCHLINK B., *Le Liseur*, traduit de l'allemand par Bernard Lortholary, Paris, Gallimard, coll. « Folio », 2010.
- SCHLINK B., *Le Liseur*, traduit de l'allemand par Bernard Lortholary, Paris, Gallimard, coll. « Du monde entier », 2000.

ÉTUDES DE RÉFÉRENCE

- ALPOZZO M., « Hanna Arendt et la banalité du mal », in *Institut d'éthique contemporaine*, consulté le 19 décembre 2016, http://institut-ethique-contemporaine. org/article%2520ethique_arendt.html
- NIVEN B., « Bernhard Schlink's Der Vorleser and the Problem of Shame », in *Modern Language Review*, vol. 98, n° 2, avril 2003, p. 381-396.
- PARIENTI-MAIRE K., « Honte et politique dans *Le Liseur* de Bernhard Schlink », in *Le Texte étranger*, n° 8, consulté le 20 décembre 2016, http://www.univ-paris8.fr/dela/ etranger/pages/8/parienti-maire.html

ADAPTATION

- *Le Liseur* (*The Reader*), film de Stephen Daldry, avec Kate Winslet et Ralph Fiennes, USA-Allemagne, 2008.

Retrouvez notre offre complète sur lePetitLittéraire.fr

- des fiches de lectures
- des commentaires littéraires
- des questionnaires de lecture
- des résumés

ANOUILH
- Antigone

AUSTEN
- Orgueil et Préjugés

BALZAC
- Eugénie Grandet
- Le Père Goriot
- Illusions perdues

BARJAVEL
- La Nuit des temps

BEAUMARCHAIS
- Le Mariage de Figaro

BECKETT
- En attendant Godot

BRETON
- Nadja

CAMUS
- La Peste
- Les Justes
- L'Étranger

CARRÈRE
- Limonov

CÉLINE
- Voyage au bout de la nuit

CERVANTÈS
- Don Quichotte de la Manche

CHATEAUBRIAND
- Mémoires d'outre-tombe

CHODERLOS DE LACLOS
- Les Liaisons dangereuses

CHRÉTIEN DE TROYES
- Yvain ou le Chevalier au lion

CHRISTIE
- Dix Petits Nègres

CLAUDEL
- La Petite Fille de Monsieur Linh
- Le Rapport de Brodeck

COELHO
- L'Alchimiste

CONAN DOYLE
- Le Chien des Baskerville

DAI SIJIE
- Balzac et la Petite Tailleuse chinoise

DE GAULLE
- Mémoires de guerre III. Le Salut. 1944-1946

DE VIGAN
- No et moi

DICKER
- La Vérité sur l'affaire Harry Quebert

DIDEROT
- Supplément au Voyage de Bougainville

DUMAS
- Les Trois
  Mousquetaires

ÉNARD
- Parlez-leur
  de batailles,
  de rois et
  d'éléphants

FERRARI
- Le Sermon sur la
  chute de Rome

FLAUBERT
- Madame Bovary

FRANK
- Journal
  d'Anne Frank

FRED VARGAS
- Pars vite et
  reviens tard

GARY
- La Vie devant soi

GAUDÉ
- La Mort du
  roi Tsongor
- Le Soleil des
  Scorta

GAUTIER
- La Morte
  amoureuse
- Le Capitaine
  Fracasse

GAVALDA
- 35 kilos d'espoir

GIDE
- Les
  Faux-Monnayeurs

GIONO
- Le Grand
  Troupeau
- Le Hussard
  sur le toit

GIRAUDOUX
- La guerre de
  Troie
  n'aura pas lieu

GOLDING
- Sa Majesté des
  Mouches

GRIMBERT
- Un secret

HEMINGWAY
- Le Vieil Homme
  et la Mer

HESSEL
- Indignez-vous !

HOMÈRE
- L'Odyssée

HUGO
- Le Dernier Jour
  d'un condamné
- Les Misérables
- Notre-Dame
  de Paris

HUXLEY
- Le Meilleur
  des mondes

IONESCO
- Rhinocéros
- La Cantatrice
  chauve

JARY
- Ubu roi

JENNI
- L'Art français
  de la guerre

JOFFO
- Un sac de billes

KAFKA
- La Métamorphose

KEROUAC
- Sur la route

KESSEL
- Le Lion

LARSSON
- Millenium 1. Les
  hommes qui
  n'aimaient pas
  les femmes

LE CLÉZIO
- Mondo

LEVI
- Si c'est un
  homme

LEVY
- Et si c'était vrai…

MAALOUF
- Léon l'Africain

MALRAUX
- La Condition humaine

MARIVAUX
- La Double Inconstance
- Le Jeu de l'amour et du hasard

MARTINEZ
- Du domaine des murmures

MAUPASSANT
- Boule de suif
- Le Horla
- Une vie

MAURIAC
- Le Nœud de vipères

MAURIAC
- Le Sagouin

MÉRIMÉE
- Tamango
- Colomba

MERLE
- La mort est mon métier

MOLIÈRE
- Le Misanthrope
- L'Avare
- Le Bourgeois gentilhomme

MONTAIGNE
- Essais

MORPURGO
- Le Roi Arthur

MUSSET
- Lorenzaccio

MUSSO
- Que serais-je sans toi ?

NOTHOMB
- Stupeur et Tremblements

ORWELL
- La Ferme des animaux
- 1984

PAGNOL
- La Gloire de mon père

PANCOL
- Les Yeux jaunes des crocodiles

PASCAL
- Pensées

PENNAC
- Au bonheur des ogres

POE
- La Chute de la maison Usher

PROUST
- Du côté de chez Swann

QUENEAU
- Zazie dans le métro

QUIGNARD
- Tous les matins du monde

RABELAIS
- Gargantua

RACINE
- Andromaque
- Britannicus
- Phèdre

ROUSSEAU
- Confessions

ROSTAND
- Cyrano de Bergerac

ROWLING
- Harry Potter à l'école des sorciers

SAINT-EXUPÉRY
- Le Petit Prince
- Vol de nuit

SARTRE
- Huis clos
- La Nausée
- Les Mouches

SCHLINK
- Le Liseur

SCHMITT
- La Part de l'autre
- Oscar et la
  Dame rose

SEPULVEDA
- Le Vieux qui
  lisait des romans
  d'amour

SHAKESPEARE
- Roméo et Juliette

SIMENON
- Le Chien jaune

STEEMAN
- L'Assassin
  habite au 21

STEINBECK
- Des souris et
  des hommes

STENDHAL
- Le Rouge et
  le Noir

STEVENSON
- L'Île au trésor

SÜSKIND
- Le Parfum

TOLSTOÏ
- Anna Karénine

TOURNIER
- Vendredi ou
  la Vie sauvage

TOUSSAINT
- Fuir

UHLMAN
- L'Ami retrouvé

VERNE
- Le Tour
  du monde
  en 80 jours
- Vingt mille
  lieues sous
  les mers
- Voyage au
  centre de
  la terre

VIAN
- L'Écume des jours

VOLTAIRE
- Candide

WELLS
- La Guerre des
  mondes

YOURCENAR
- Mémoires
  d'Hadrien

ZOLA
- Au bonheur
  des dames
- L'Assommoir
- Germinal

ZWEIG
- Le Joueur
  d'échecs

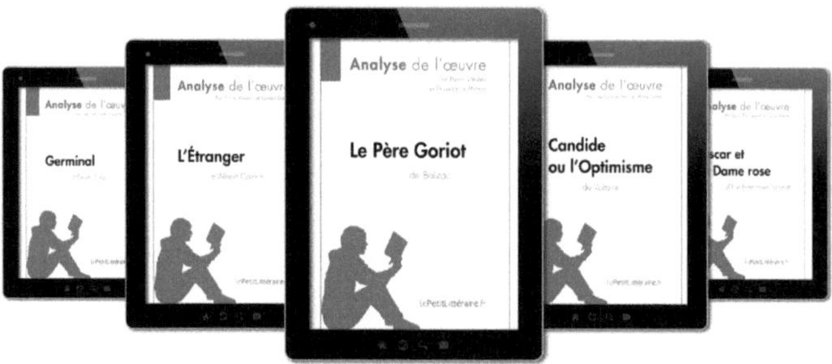

www.lepetitlitteraire.fr

ISBN version numérique : 978-2-8062-9271-1
ISBN version papier : 978-2-80629-272-8
Dépôt légal : D/2016/12603/965

Avec la collaboration de Marie-Pierre Quintard pour l'étude du personnage de Gertrude ainsi que pour les chapitres « Le poids du passé » et « La fuite ou l'art de se dérober ».

Conception numérique : Primento,
le partenaire numérique des éditeurs.

Ce titre a été réalisé avec le soutien de la Fédération Wallonie-Bruxelles, Service général des Lettres et du Livre.